Si le das un panqueque a una cerdita

Una vez más, para Stephen—F.B.
Para Laura Geringer, con afecto y eterna gratitud—L.N.

Si le das un panqueque

If You Give a Pig a Pancake
Text copyright © 1998 by Laura Joffe Numeroff
Illustrations copyright © 1998 by Felicia Bond
Translation by Teresa Mlawer. Translation copyright © 1999 by
HarperCollins Publishers. Printed in China All rights reserved.
For information address HarperCollins Children's Books, a division of
HarperCollins Publishers, 10 East 53rd Street, New York, NY 10022.
http://www.harpercollinschildrens.com
Library of Congress Cataloging-in-Publication Data   Numeroff, Laura Joffe.
[If you give a pig a pancake. Spanish]   Si le das un panqueque a una
cerdita / por Laura Numeroff; ilustrado por Felicia Bond ; traducido por
Teresa Mlawer.   p.   cm.
   Summary: One thing leads to another when you give a pig a pancake.
   ISBN-10: 0-06-028316-5 — ISBN-13: 978-0-06-028316-2
   [1. Pigs—Fiction. 2. Spanish language materials.] I. Bond, Felicia, ill.
II. Mlawer, Teresa. III. Title.
PZ7.N87 1999   98-41511   [E]—dc21   CIP   AC
              10 11 12 13 SCP 50 49 48 ❖

is a registered trademark of HarperCollins Publishers

a una cerdita

POR Laura Numeroff

ILUSTRADO POR Felicia Bond

TRADUCIDO POR Teresa Mlawer

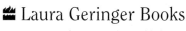 Laura Geringer Books

An Imprint of HarperCollins*Publishers*

rayo

Si le das un panqueque a una cerdita,

seguramente lo querrá con almíbar.

Le darás un poco de tu almíbar favorita

y es casi seguro que se pondrá toda pegajosa.

Querrá darse un baño

y te pedirá el jabón
de burbujas.

Una vez que tenga el jabón de burbujas,
te pedirá un juguete y tendrás que
buscar tu patito de goma.

El patito le traerá recuerdos de la granja donde nació,
y se sentirá tan triste que querrá visitar a su familia.

Te pedirá que la acompañes
y buscará una maleta.
Primero, buscará en el armario,

después, debajo de la cama,

y allí encontrará tus viejos zapatos de baile.

Seguro que se los probará
y luego querrá ponerse algo
que le haga juego con los zapatos.

Una vez que esté lista, te pedirá que le pongas música.

Tocarás tu canción
favorita en el piano,
y ella comenzará a bailar.

En ese momento, querrá que le tomes una foto

y tendrás que ir a buscar tu cámara.

Pero cuando vea la foto,

querrá que le tomes más.

Después querrá enviarle una a cada uno de sus amigos

y tendrás que darle
sobres y estampillas

y luego acompañarla
hasta el buzón de correos.

Por el camino, se fijará en el árbol que hay en el patio
de la casa y querrá construir una casita en sus ramas.

Y tú tendrás que buscarle la madera,
el martillo y los clavos.

Y cuando la casita esté terminada,

querrá decorarla.

Entonces, te pedirá papel pintado y cola.

Al empapelar las paredes,
seguramente se pondrá toda pegajosa

y al sentirse pegajosa
se acordará del almíbar.

Es probable que te pida un poco,

y es casi seguro,

que si te pide un poco de almíbar

tambien querrá que le des un panqueque.